LOUIS PERGAUD

Marcel Lenoir, pinx

Edition du « Beffroi »
24, Rue Saint-Augustin, Lille (Nord)
MCMIV

À mon ami Fernand Vouillot
avec ma vieille et inaltérable
amitié
et premiers vers.
L. Bergaud
Durnes 8 Juin 1904.

L'AUBE

LOUIS PERGAUD

L'AUBE

(Frontispice de l'enlumineur Marcel Lenoir)

Edition du « Beffroi »
24, Rue Saint-Augustin, Lille (Nord)
MCMIV

L'AUBE

Reine des matins latescents,
Sous ton dais de vapeurs pourprées,
Des sérénades sont montées
Vers toi, sur le souffle des vents.

A ton réveil, vers l'Orient
Les fleurs, vassales inclinées
Te font l'offrande variée
De leurs parfums évanescents.

Et je sens que sort mon enfance
Du vaporeux bain de Jouvence
Où se sont lavées mes douleurs.

En mon âme l'Aube va naître :
Il est des fleurs sur ma fenêtre
Et des gazouillis dans mon cœur.

CHIMÈRES

A Léon Bocquet.

Je guiderai tes pas vers les terres promises,
Vers les clairs paradis veufs de toutes nos fanges,
Où, sous des cieux pourprés, des floraisons étranges
Epandent en l'air jeune un doux parfum de brise.

Après avoir franchi l'Atlantique du songe
Nous irons aborder aux îles de folie,
Et nous habiterons un palais de féerie,
Délivrés pour toujours de l'ennui qui nous ronge.

Nous avons assez mis le cap sur la souffrance,
Il est temps de cingler aux Bonnes Espérances :
Partons, la nef est prête et mon cœur est viril.

Trop de servilité pèse sur cette grève,
Il vaut mieux s'abimer aux Maëlstroms du rêve
Que de saigner sa vie, goutte à goutte, en l'exil.

Le soir entrait à flot par les baies de mon âme
Grandes ouvertes à ses onduleux remous,
Et m'imbibait de rêve, éponge de sa lame
Voguant sur l'incertain de ses horizons flous.

Son flux puissant et doux envahissait la terre,
Et me roulait en lui, épave d'autrefois
Que les grandes marées reprennent chaque mois
Aux lointains ignorés des plages solitaires.

Lors, j'ai flotté longtemps par delà mon destin
Sur des houles de nuit que berçait le silence,
Au gré des aquilons soufflés par ma démence
Loin du bestial réel des horizons humains.

Puis un frisson rida ma chair appesantie ;
Le soir s'était dissous dans une encre funèbre :
Mes yeux habitués virent dans la ténèbre
Le néant de la nuit se pointiller de vie.

La nuitée est d'encre :
Ton corps qui frissonne
A moi se cramponne,
Blanche nef à l'ancre.

Le bateau descend
Un fleuve de songe,
Et lentement longe
Le chemin du temps ;

En la barque frêle
Des nautoniers chantent
De vieux airs très grèles
Aux musiques lentes.

Nos deux cœurs aimants
Que l'amour sature
Mettront aux mâtures
Toutes voiles au vent.

Les aubes prochaines
Nous verront encor,
En d'autres décors,
Cingler loin des peines.

Et quand nous serons
Tout près de sombrer
Ces chemins verront
Nos cœurs refluer

Vers la source immense
D'où la voile blonde
Partit vagabonde
Au cœur des silences.

FLUTIS

A Léon Deubel.

PLUIE

> *O bruit doux de la pluie.*
> *Sur terre et sur les toits,*
> *Pour un cœur qui s'ennuie*
> *Oh ! le chant de la pluie !*
>
> PAUL VERLAINE

Mets ton sceau de mélancolie
Aux lèvres de la nuit qui rôde ;
La Chimère à la nue se brode
Ephémère et toute transie.

Tamise un peu de bon silence :
Que ton drin-drin sur les gouttières
S'abolisse, ainsi la prière
D'une enfant dans la nef immense.

24

Octobre érige tes autels
Où je vais me plaire aux redites
Monotones de tes vieux rites.

Et j'écoute ta chute plus douce
Qu'un frolis de jupe que troussent
En le soir gris des mains de belles.

A Georges Béver.

SEPTEMBRE

Plus triste et plus serein encor qu'aux jours derniers
Avec ses pluies chantant aux mesures du vent
Ses feuilles mortes qui se pressent sous l'auvent,
Grelotteuses tombées des arbres dépouillés.

Harmoniquement jaune avec ses teintes pâles,
Ses soleils moribonds et ses pampres rouillés,
Lorsque les pleurs en soi sourdent des derniers râles
Il reflète ma peine en ses azurs brouillés.

Il met un peu de vague au fond des grandes chambres,
Embuant de son haleine les vitres claires
Sur qui les enfants vont, joyeux, les doigts en l'air,
Esquisser quelque monstre aux ridicules membres.

Puis le cor du vent tonne en hallali lointain
Dans la forêt touffue où se meurt mon enfance
Et, brutal, il réveille en mordant le silence
La douleur assoupie aux fossés du chemin.

Ah! Septembre! clairons du vent, chants de la pluie!
Premier motif dolent des fanfares d'automne,
En des cadres brumeux, ton souffle monotone
Avive en moi des tons effacés par la vie.

A Fernand Vouillot.

LES SOUVENIRS

Je sais qu'ils dorment là derrière les cloisons

HENRY BATAILLE.

L'un d'eux, en franchissant le seuil où l'herbe pousse,
A, ce soir, dans mon cœur, allumé la veilleuse
Et les autres, dormant sous leur rideau de mousse,
Ont secoué l'Oubli gantant leurs mains frileuses.

Sortis de toutes parts en nocturne phalange
Que la lueur palotte a réveillés soudain,
Ils frissonnent dressés, s'agitent, se mélangent,
Puis, graves, lentement ils se prennent les mains.

Ils tournent dans mon cœur en une ronde folle
Et leurs pas frémissants font trembler ses murs frêles,
Les choses suspendues suivent leur farandole...
Et l'urne du passé se vide pêle-mêle.

Ils ont mené longtemps leur danse ténébreuse ;
D'aucuns sont disparus qu'on ne doit plus revoir,
Une larme intérieure éteindra la veilleuse
Et la mort va cerner la porte du manoir,

La vieille volupté de rêver à la mort.
Stuart-Merril.

En un crépuscule pluvieux
Où les nues rythment goutte à goutte,
Un air monotone et très vieux
Pour quelque pauvre âme aux écoutes,

Avec un vol de feuilles mortes
Sous un ciel roux,
Sentir la mort heurter la porte
A petits coups.

Dans quelque boudoir attiédi
Parmi les languissants parfums
Flottant dans les rideaux du lit,
Comme une âme d'amant défunt,

S'unir d'une si forte étreinte
      Que les soupirs
Et les cris d'amour soient des plaintes :
      Alors, mourir.

Dans des rugissements d'horreur
Et parmi les ruisseaux de sang,
Dont les buées, comme un encens,
S'élèvent en rouges splendeurs.

Tomber sans larmes et sans plainte
      Le cœur meurtri
Pour quelque cause noble et sainte
      Qui meurt aussi.

A Eugène Prémoy.

CASERNE

J'ai vécu, j'ai souffert parmi leurs pestilences,
Dans la chambrée lugubre où vibraient tant de râles,
Et cherchant vainement un recoin de silence
Pour affermir en moi quelques révoltes mâles.

J'ai senti le poison frôler mon cœur blessé
Cherchant à s'infiltrer à chaque instant du jour,
Et lézardant ma chair pour la mieux pénétrer :
Mais j'ai rejointoyé les pierres de ma tour.

De l'heure épouvantée qu'elle tinta toujours
Je fis un glas d'alarme, un tocsin obsesseur
De la mort qui planait au-dessus de mon cœur ;

Lorsque je l'entendais tomber aux fins de jours,
Pierre infime écroulée d'une oubliette immense,
Tout mon moi prisonnier frissonnait d'espérance.

A Joseph Chenevez.

DES FLEURS

Vous aviez le frisson des formes qui s'en vont,
Pâles roses d'automne écloses de leurs corps,
Et courbiez chaque jour un peu plus votre front
Pour mourir de nouveau en l'unanime mort :
Vous aviez le frisson des formes qui s'en vont.

Leur âme revivait plus belle et plus chantante
Dans le chœur douloureux des choses sépulcrales
Qu'enferme votre sein de corolles changeantes,
Pendant qu'autour de vous s'évaporaient des râles
Leur âme revivait plus belle et plus chantante.

34

Et je vous ai ravies aux morts lentes et tristes ;
Les vents tumultueux ne vous courberont plus
Vers le sol détrempé où les soupirs persistent ;
Vous resterez en moi comme en un ciel d'élus
Et je vous ai ravies aux morts lentes et tristes.

Par degrés, lentement, leur âme évaporée
Viendra, rose ou pensée, rayonner sur la tombe
Où voyageur fatal et pensif chaque année,
Pieux, j'irai cueillir avant qu'elle ne tombe,
Par degrés, lentement leur âme évaporée.

Dans l'eau du souvenir, j'infuserai ces fleurs,
Amoureux du passé, mon cœur s'en grisera
Et tristement parfois la salera d'un pleur,
Leur âme, alors, en moi, toute demeurera :
Dans l'eau du souvenir, j'infuserai ces fleurs.

AU RÉVEIL

Le rire des aïeuls aux attitudes dignes
Met une tache rose au mur submergé d'ombre,
Aux déroutes des draps, amoureuses décombres
Tout ton corps se révèle en onduleuses lignes.

Tes yeux dans l'azur inconscient de ton « moi »
Viennent de s'entrouvrir, clignottantes étoiles
Et parfois tes longs cils comme un nuage voilent
Leur éclat insondable où naît un frêle émoi.

Les propos de la veille en nous se continuent
Sans un mot, cependant qu'au dehors, dans la rue,
L'aube, aux vitres, déferle en minuscules lames.

Nos pensers confondus, nos regards sont concrets,
Tes yeux très doux parlent aux miens et l'on dirait,
Minutieux et tendre, un papotage d'âmes.

CULBUTES

A Eugène Chatot

I

Soliloque.

Pour qui les éparses tendresses
Sanglotées bêtement ces soirs
Où des pleines lunes paraissent
Au ciel tourmenté de l'espoir ?

Aux sentes d'amour de ta vie
Deux catins ont rythmé leur pas ;
Est-ce à leurs mânes resurgies
Qu'ainsi tu modules tout bas ?

Ton cœur n'a point gardé mémoire
De leurs appâts trompeurs et vils ;
Ton cœur est muré par l'exil :
Tu t'es grisé de l'Illusoire.

II

Loin de tes yeux miroirs faussés
De ton âme nulle et perverse,
Puissé-je, aux rythmes qui me bercent,
Oublier mon dolent passé !

Loin de tes sourires cyniques,
Sous l'éploiement de frêles mains,
Je goûterai des joies mystiques
En l'extase de mes demains.

Comme un voyageur qui part vivre
Sur des rivages merveilleux
Je sens mon cœur qui se délivre
De tes charmes pernicieux.

Et qui joyeux, libre, s'en va
Vers l'élue frêle qu'il choisit,
Loin des tourbes viles d'en bas,
En de très nuageux pays,

III

Eh oui ! c'est le roman banal,
Une catin s'érige et luit
Comme un phosphorescent fanal
Sur un grand océan de nuit.

Mirage d'un désert d'amour,
On file, assoiffé de tendresse,
Vers ces reflets qui disparaissent
Irradiés aux premiers contours.

44

Et l'on est triste, et l'on module
Quelque complainte en gris majeur,
En exaltant les crépuscules
Où des soleils saignent d'horreur.

Et l'on emplit sa triste tête
D'un peuple gris d'idées de mort
Qui tumultue et fait la fête
En ce crâne où la raison dort.

Puis, le rêve aboli, l'on pense
Qu'elle avait sans doute raison
De se moquer du mièvre son
De notre cœur, cloche en démence ;

De fêler du choc de ses ris
Ce plaintif timbre de pendule,
Et forger par le ridicule
Une saine armure de mépris.

IV

Triboulet d'une cour quelqu'une,
Ou ribaud des Grèves lunaires,
Je fus l'infime feudataire
Du rêve et des douleurs communes.

Très ému des soirs sans émoi
En mon tréfond, j'ai suscité
Des jacqueries de sens crispés
Sous l'absolutisme du « moi ».

J'ai craint les fatigues des routes
Et fait clapoter quelques lames
Contre les récifs de mon âme
Maintenant écroulés, j'écoute :

Un clocheteur des trépassés
Au long des venelles du cœur
Tinte le glas de mes rancœurs
Mortes aux landes du passé.

ÉVOCATIONS

LES BELLES DU PASSÉ

> *Toutes, je les revois, les belles du passé.*
>
> ALBERT SAMAIN.

Voici, plus purs encore, sous la gaze du temps
Que vos corps ont frémi au fond de ma mémoire,
Un pâle clair de lune tremblotte sur l'histoire...
Vos yeux m'ont-ils souri chères amies d'autan ?

Drapées de crépuscule et de lentes musiques,
Vos ombres, en cortège, ont passé dans ma vie
Et j'ai perçu plaintif en sa mélancolie
L'écoulement muet de vos pleurs nostalgiques.

Alors je suis venu simplement dans la nuit
M'agenouiller très humble aux pieds de vos douleurs
Et vous aimer, mes sœurs, toutes, selon mon cœur,
Puisque c'est sur vos fronts que mon soleil a lui.

Mon amour a franchi l'amas des siècles morts
Pour soulever les plis sanglants de vos suaires,
Et pour ressusciter les sanglots légendaires
Qu'aux soirs exténués le vent redit encor.

Je ne puis pas aller aux mousses de vos sentes,
Consoler tous vos cœurs, vos pauvres cœurs si frêles
Que leurs soupirs, en s'exhalant, font le bruit d'ailes
D'un zéphir printanier sur des roses mourantes.

Mais je me ferai pâle et plus triste et plus mièvre
Pour revivre avec vous le fil des jours déclos,
Et vous frissonnerez entendant des sanglots
Identiques à ceux qui mouraient sur vos lèvres.

Les parfums du jardin s'atténuent : voici l'heure ;
Je chanterai les jours de vos mortels exils :
Ah ! quelque chose brille au bord de vos longs cils,
Est-ce un premier sourire, est-ce le dernier pleur ?

A Hector Fleischmann

GALSWINTHE

Rouen ! Le fleuve mou dorlote son eau lente.
Rêvant des grands combats et du choc des framées
Les Francs, à la lueur des torches enflammées,
Dressent autour du roi leur carrures géantes.

Dans l'air âcre et mauvais grondent les voix nar-
[quoises,
L'hydromel, à pleins flots, ruisselle dans les cornes ;
Hideux et chancelants sous leurs esclaves mornes
Les grands antrustions sont ivres de cervoise.

Cependant Galswinthe, en son pallium drapée,
Ecoute, en frissonnant, dans sa chambre écartée
Les jurons effrayants dont vacillent ses cierges.

Athanagilde eut tort et l'Espagne est lointaine ;
L'épouse délaissée pleure ses longues peines,
Et l'éclatant azur de son ciel toujours vierge.

A Monsieur Édouard Droz

LA DOULEUR DE TIMOUR

Quand Timour-Leng, le grand Tartare, au heurt
[des piques,
Eut fait sur l'Orient flamber son cimeterre
Et que le musulman s'inclina jusqu'à terre
Devant ce croissant rouge aux reflets héroïques,

L'ardent aventurier, s'éloignant du Tropique,
Tel un aigle fameux qui sent faiblir ses serres
Et tombe avec sa proie sans atteindre son aire,
Perçut un grand frisson ridant son âme épique.

Sous lui, charogne mûre, aux fers, l'Asie vaincue,
Vibrait éperdument en ses chairs corrompues :
Des légions de vers grouillaient dans ce grand corps.

Et les buccins clamant la victoire, Timour,
Triste, flairant en tous ses guerriers, des vautours,
Sentit monter en lui comme un relent de mort.

A Monsieur E. Rouget

LA LÉGENDE D'EBROÏN

I. LE MAIRE.

Ebroïn, tout puissant maire de la Neustrie
A, des récifs d'Armor jusqu'aux plateaux crayeux,
Fait s'incliner la mitre et plier l'orgueilleux,
Et tout courbé sous son indomptable énergie,

Saint Léger supprimé, il vainquit l'Austrasie,
Fit vider des orbites et raser des cheveux,
Et cinq lustres durant son bras victorieux
Impitoyablement cassa les Ordalies.

56

Ses victimes, fuyant au pays des Insubres, (1)
Parlaient, en se signant de leur moignons lugubres,
Du grand leude qui leur faisait couper les mains.

Et seule en l'île Barbe, vague débris humain,
L'une, aveugle, tournait au ciel clair ou livide
L'éternelle stupeur de ses mornes yeux vides.

-----

(1) Pays à l'ouest de Lyon. Ne pas confondre avec le Milanais,
ainsi appelé à cette époque.

II. LA MORT D'EBROÏN.

Mais les prélats vaincus, et les leudes matés
Ont suscité le glaive et lancé la francisque
Et deux siècles après les Champs Catalauniques
Le maire, au champ de mai, périt assassiné.

Alors, en leurs moustiers, de grands moines mys-
[tiques,
Dans leurs prêches, pleurant l'évêque aux yeux
[crevés,
Chantèrent le Très-Haut, qui, les ayant vengés,
Etablissait la suprématie monastique.

Puis, pour effrayer mieux, et mieux courber les fronts
Des manants, l'on fit raconter que les démons
Tenaient en leur enfer l'âme du Neustrien.

Et chaque soir, invoquant leur ange gardien
Les vilains écoutaient dans leurs villas branlantes
Les laïs retracer cette scène émouvante.

III. LA LÉGENDE.

De la cluse séquane aux Furca d'Helvétie
Ruisselaient à grand bruit les eaux des pics neigeux
Et la Saône et le Rhône heurtaient leurs flots fumeux
Auprès de Lugdunum, cité de Ségusie.

Le soir tombait ; perdue dans le fleuve en furie
L'île Barbe tremblait comme à un choc de preux,
Et les houles criaient leur émoi limoneux
Aux criques escarpées des berges amoindries.

Un pâle crépuscule ocrait ses cheveux d'or
Aux déroutes des nues que hachait le mistral
Et l'aveugle entendit, au sein de la rafale,

Dans les chants infernaux des nautoniers de la mort
Qui montaient une nef étrange et solitaire,
Sous l'ongle de Satan, hurler l'âme du maire.

A. Maurice Pigallet.

FRANÇOIS VILLON

Le triste, le méchant, le joyeux et le fou !
Je t'évoque, Villon, maudit d'un autre temps,
Dont les rythmes, comme un éclair éblouissant,
Des ciels du moyen-âge, ont strié l'azur flou.

.   .   .   .

C'est Sainte-Geneviève où tu maries les bornes,
Et les fols escholiers tirent leur chaperon,
Dansant autour à sons de fleute et de bedon
Les marchands vont se plaindre et les bourgeois
                              [sont mornes.

Galle parmi les rues après le couvre-feu
Pour festoyer ensuite à la « Pomme de Pin » ;
Ta Bohème commence et de nonchaloir plein
Chante le Pet au Diable et Tabarie le gueux (1).

Va-t'en par les chemins détrousser les marchands
Coquillart (2) éhonté et pauvre de chevance ;
Va ! pauvre gueux honni rythmer dans ta souffrance
Ta profonde nostalgie des neiges d'antan !

Pour blanchir la marine (3) étais tu des premiers ?
Il valait mieux pour toi bailler la cantonnade (4),
Et chétif tu fuyais les grandes bastonnades
Où cheyait le gascâtre (5) aux coups des estafiers.

Mais la Coquille est morte, et tous les gais compaings
Sont jetés dans les puits, pendus ou échaudés,
Et par l'azur noirci des beaux soirs étoilés,
L'Errant demande grâce en dérobant son pain.

Rentre à Paris, Villon, jouer au Trou Perrette (6),
Léandre renié de Rose ou Catherine,
Et sur un rythme cher chanter ces gourgandines
Lourdes d'âmes d'amour de ton cœur de poète.

---

(1) Auberge et compagnon de Villon dont il parle dans ses vers.
(2) Membre de la Coquille. bande de voleurs à laquelle s'affilia Villon
     lorsqu'il fut banni de Paris pour avoir tué un prêtre, Philippe
     Sermoise.
(3) Dans le jargon des Coquillarts. tromper la justice.
(4) Faire un crochet pour échapper au guet.
(5) Apprenti dans la bande de la Coquille.
(6) Maison de jeu, tripot, bouge du temps.

Avec Colin Cayeux (1) dépouille ton gippon,
Trouille fou inthuné des nuits du moyen âge,
Ta complice la lune en un pan de nuage
Rit, voilant ce larcin de son féal fripon.

Fuis les cours où tu dois plier comme un roseau
Car aucun des puissants ne se souciera mie
De Villon expiant les fautes de sa vie
En l'humide nuit des cachots de Montpipeau. (2)

C'est ta vie qui sanglote avec ces gouttes lentes
Au plafond surbaissé de ce sépulcre clos
Et perlera de pleurs les tristes vers éclos
Dans ce silence, où tu sentais la mort latente.

Puis, sois libre ! voici l'avènement du roy
Comme une aube plus blanche après un mauvais
Sentant couler en toi l'émoi des vertes sèves   [rêve ;
Note une autre nuance aux symphonies du moi.

Revis un peu ta vie brisée comme une motte,
Tes errances, tes joies, tes douleurs, tes prisons,
Et gémis sur ta mère, assise à croppetons
Pauvre manante auprès d'un feu de chénevottes.

---

(1) Compagnon de Villon avec qui il vola au collège de Navarre.

(2) A 10 kilomètres de Meung-sur-Loire, forteresse où fut emprisonné Villon pour un crime (?) inconnu.

64

Va, plein de clair de lune et du frolis des vents
L'âme meurtrie à tous les cailloux de la vie
Tisser avec le fil de ton cœur en charpie
Aux trames de misère un poème vibrant.

Et superbe maudit, faible, triste et pervers,
Incompris des puissants qui t'ont drapé de crime,
T'éteindre à Saint-Benoît, méprisé, pauvre, infime,
Les aubes sont à naître où fleuriront tes vers.

. . . .

Que les grands aient chargé ce génial vagabond
Parce qu'il fut goupil en un siècle de loups,
J'aime à travers les temps, mon grand frère Villon,
Le triste, le méchant, le joyeux et le fou !

TABLE

Chimères

Flutie

Culbutes

Évocations